pour François Félix

DER
UNHOLD

Dem Andenken von Louis Malle gewidmet

Texte redigiert von Felix Moeller
Gestaltung Hans Werner Holzwarth

VOLKER SCHLÖNDORFF

DER UNHOLD

nach dem Roman
Der Erlkönig von Michel Tournier
mit Auszügen
aus dem Drehbuch
von Volker Schlöndorff
und Jean-Claude Carrière

STEIDL

PARIS, 1925

Los komm, wir zeigen ihnen, wie man Ritter spielt!

Mach die Wunde sauber. — Ich hab' kein Wasser … — Nimm deine Zunge, Idiot!

Abel, ad colaphum!

Ad colaphum ist lateinisch. Ich weiß bis heute
nicht, was es bedeutet ...

Ach ja, mein Name ist Abel.
All die Jahre in St. Christophorus kam ich mir vor wie
ein Untoter, wie ein Schlafwandler, der unentwegt
nur vom Aufwachen träumt. Ich wartete auf etwas
Unvorhergesehenes, das mich befreien würde,
um endlich ich selbst zu werden.

Nestor war mein einziger Freund.
Er beschützte mich, so gut er konnte. Sein Vater
war der Hausmeister der Schule, und Nestor
erfreute sich riesiger Privilegien. Er hatte sogar
ein Fahrrad.
Nestor hatte Schlüssel zu allen Türen, und
nachts entführte er mich in eine völlig andere Welt.
*In Kanada werden wir Füchse fangen, Seehunde,
vielleicht sogar Bären in großen Fallen. Wenn man
es richtig angeht, kann man im Pelzhandel schnell
ein Vermögen machen.*
– „Langsam kamen sie an den großen Seen vorbei, die
Rentier, Sklave und Bär genannt wurden. Das große
Karibu trat auf die Lichtung, wie der Indianer es vorhergesagt hatte ..."

Was ist das? Ein Feuerzeug. — Nein. Feuerzeuge bringen's nicht. — Das hier doch. Schau! — Abel, ad colaphum!

Ich wollte, die Schule würde niederbrennen. Ich wollte, sie würde Feuer fangen und bis auf die Grundmauern niederbrennen. Bitte, St. Christophorus.

Als ich den Rauch sah und begriff, daß die Schule wirklich brannte, verstand ich, daß es ein Schicksal gab, daß es grausam war und daß es auf meiner Seite war. Mich würde es schützen, retten und leiten,

die anderen aber würde es grausam und gnadenlos in den Abgrund stoßen.

PARIS, 1939

Welcher bist du? — Der kleine Dünne mit der Brille.

Rachel ist nicht meine Frau, aber sie ist das weibliche Element in meinem Leben. Einmal im Monat kommt sie in meine merkwürdige Welt und kümmert sich um die Buchhaltung.

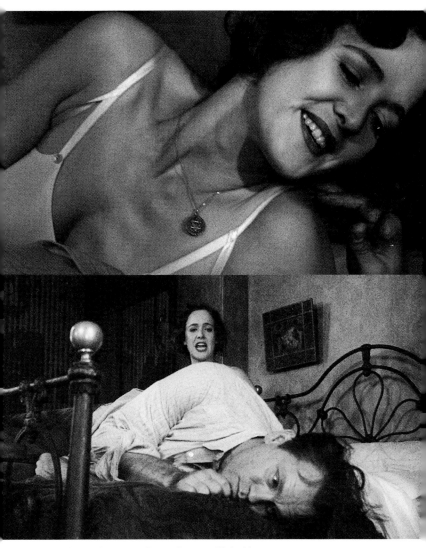

Rachel war die erste, die mich einen Unhold nannte.
„Du bist kein Liebhaber", sagte sie, „du bist ein Unhold."

Ich lebte einfach, ruhig, wie ein gewöhnlicher Mann. Eine Wohnung. Eine Geliebte. Ein kleines Geschäft. Niemandem vertraute ich meine Geheimnisse an. Tatsächlich sprach ich mit fast niemandem.

Plötzlich erfuhr ich, wie schön es war, ein Kind in meinen Armen zu tragen.

Machst du ein Bild von mir? — Setz dich auf die Stoßstange, und schlag die Beine übereinander, wie eine Dame.

Plötzlich hört er Weinen. Er geht näher heran. In einem der Kellergänge sieht er Martine. Sie liegt auf dem schmutzigen Boden, ihr Kleid ist hochgerutscht, ihre Arme kreuzt sie schützend vor dem Gesicht.

Er hat mir weh getan! Er hat mir weh getan! Er war es! Er war es! Er hat mir weh getan!

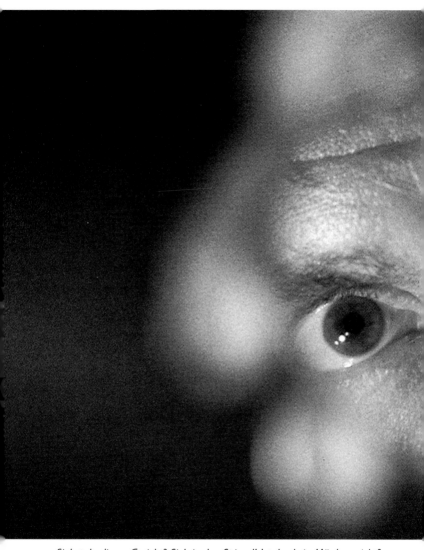

Siehst du dieses Gesicht? Sieh in den Spiegel! Ist das kein Mördergesicht?

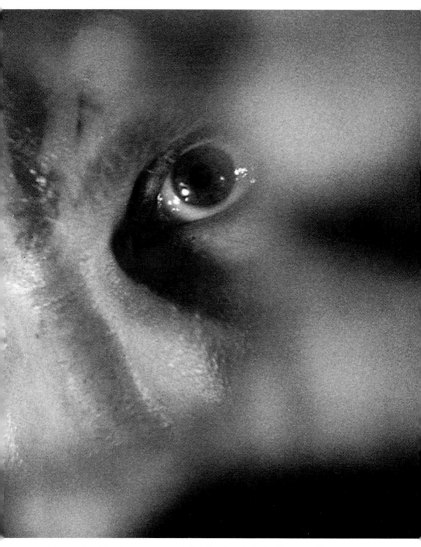

Es ist wahr. Man kann sagen, daß ich wie ein Mörder aussehe.
Wenn man einen sucht.

*Es gibt in der Geschichte Zeiten, da müssen wir
das Gesetz selbst in Frage stellen. Da wird das Schicksal
der Nation wichtiger als das eines einzelnen. Verstehen Sie,
was ich Ihnen sage? Die Barbaren stehen vor den Toren.
Ist das die Zeit, um einander zu richten? Oder sollten
wir nicht besser vereint dem Feind entgegentreten?
Seien Sie morgen um 8 Uhr früh in der Kaserne in
Courbevoie. Wir hoffen, daß Sie Ihre Tat durch Tapferkeit
im Feld sühnen werden.*

Und jetzt begann ich zu ahnen, daß die ganze Welt
umgestürzt würde, nur um mich ein paar Schritte
weiterzubringen.
Die Weltgeschichte arrangierte außergewöhnliche
Ereignisse, nur damit sich mein Schicksal erfüllen konnte.

Frankreich wurde niedergetrampelt und gedemütigt, aber ich war nicht empört.
Mein Land hatte mir wenig Gelegenheit gegeben, ein Held zu sein. Ich war ganz zufrieden, weit von der Grande Nation weggeschafft zu werden.

Weißt du denn nicht, wo wir sind? Um von hier zu fliehen, müßte man durch ganz Polen und dann durch Deutschland.

Während die anderen ihre Flucht planten, blickte ich auf die offenen Felder und die Weite Ostpreußens. Das Land kam mir vor wie eine Braut, die bereit war, mich in ihre Arme zu nehmen.

Jahre waren vergangen, seit Nestor mir von verschneiten Wäldern erzählt hatte und von der Hütte des Trappers. „Eines Tages, Abel, wirst du's mit eigenen Augen sehen", hatte er gesagt.

„In Kanada werden wir Füchse fangen, Seehunde, vielleicht sogar Bären in großen Fallen. Wenn man es richtig angeht, kann man im Pelzhandel schnell ein Vermögen machen."

„Langsam kamen sie an den großen Seen vorbei, die Rentier, Sklave und Bär hießen. Das große Karibu trat auf die Lichtung, wie der Indianer es vorhergesagt hatte ..."

Bist du das große Karibu? Hast du Hunger?

Nicht weggehen. Bleib hier.

He, sprichst du deutsch mit den Tauben?
Glaubst du, die Deutschen gewinnen den Krieg?
Natüüürlich!

In ihrer Welt bin ich ein Kriegsgefangener. Aber in meiner Welt bin ich ein Trapper. Wann immer ich kann, schleiche ich mich hinaus zu meiner Hütte und füttere den Elch.

Flüchtig? — Nein, nein. Ich komme manchmal hierher.
Ich bleibe eine Weile, und dann gehe ich zurück ins Lager.

Der Unhold? — *Es bedeutet das Monster. Das Ungeheuer. Der Teufel.*
Er ist blind. Im Winter bettelt er bei den Bauern. Aber er macht
den Leuten angst. Eines Tages wird ihn irgend jemand erschießen.

Befehl vom Hauptmann. — So sind sie wenigstens zu etwas nütze. Die Moral der Truppe ist wichtig: Der Krieg ist noch nicht vorbei. — Ich habe sie mit Honig-und-Essig-Sauce gebraten. Los, setz dich, es wird dir schmecken.

Ich wünschte mir, Frankreich nie wiederzusehen. Und erneut arbeiteten mein Schicksal und der Lauf der Geschichte Hand in Hand. Kaum war der Winter vorbei, nahm mein Leben ...

... eine neue Wendung.
Ich brauche einen Mann für die Fahrzeuge.

War ich in ein Märchen geraten?

Mit verzauberten Tieren, Gnomen und Fabelwesen?

Und einem verwunschenen Schloß?

Wem gehört das alles?

*All das gehört Reichsmarschall Hermann Göring.
Er ist der Reichsjägermeister, und ich bin sein Oberforstmeister.*

Graf Kaltenborn ...
Herr Reichsmarschall ...

Ein Geschenk aus der Türkei. Ein Mittel gegen Weltschmerz. Es wirkt ganz ungemein beruhigend.

Mit seinem gigantischen Appetit, seiner unersättlichen Lust an den Früchten des Lebens erinnerte er mich an Nestor.

Siehst du ... eine Ricke. Die abendliche Losung ist härter und trockener als die Morgenlosung. Am Geschmack kann man die Jahreszeit feststellen. Die duften wie frische Äpfel. Wundervoll.

Das ist er, Herr Reichsmarschall: Kandelaber!
Ich will ihn haben! Er gehört mir! Er gehört mir, oder Sie sind erledigt.
Ich meine es ernst. Ihr Leben hängt davon ab.

Kaltenborn, eine alte Burg des Deutschritterordens.

Das Schloß gehört Graf von Kaltenborn. Er ist der letzte Nachfahre der Schwertbrüder. Sie bilden dort die Elite aus, die „Lebenskraft" des Reichs.

Es gibt zwei Sorten Hirsche, Gästehirsche und meine Hirsche.

Ich bin der Reichsjägermeister, der Reichsmarschall, der Befehlshaber der Luftwaffe, die Nummer zwei im Reich.

Und nun, Champagner!

Diese Adligen – von Kaltenborn – sie sind es, die das Reich zerstören – man muß sie aufhalten! Er wußte, was er tat – er wußte, daß es mein Tier war, und hat es mit Absicht geschossen ...

Wagen Sie es nicht, mir von seiner Familie zu sprechen! Die Tatsache, daß es eine alte Familie ist – das macht ihn keinen Deut besser als irgendeinen anderen! Im Gegenteil! Sie Idiot!

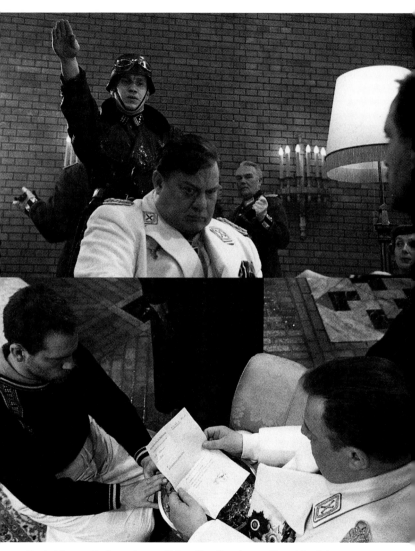

Nachricht aus Stalingrad ... — Gehen Sie alle – lassen Sie mich allein. Los, gehen Sie. Du auch. Los, geh schon.

Der Feldzug gegen Rußland verlief nicht gut. Der Reichsmarschall verließ uns genauso plötzlich, wie er erschienen war. Sein gepanzerter Zug stand bereit, um ihn nach Berlin zurückzubringen.

Und ich wollte nicht wieder zurück ins Lager. – Könnte ich der Burg zugeteilt werden? Kaltenborn? — *Ja, ich schreibe dir eine Empfehlung, und das Pferd kannst du mitnehmen.*

Mein Leben beginnt lange vor unserer Zeit, ich stamme aus der Urgeschichte der Menschheit ...

... und nähere mich dem Ziel ...

... das mir lange vorbestimmt war.

Kein schöner Land in dieser Zeit –

als hier das unsere weit und breit —

wo wir uns finden wohl unter Linden zur Abendzeit.

Du hast also für den Reichsmarschall gearbeitet?
Ich habe immer wie ein Nomade gelebt. Aber dies könnte
der Ort sein, wo ich seßhaft werde ...

Es zittern die morschen Knochen der Welt vor dem großen Krieg –

wir haben den Schrecken gebrochen, für uns war's ein großer Sieg.

Gelobt sei, was hart macht.

Fallen ist keine Schande, nur liegenbleiben.

Du wirst in die Dörfer gehen und Essen für die Jungen besorgen. Kartoffeln, Äpfel, was du kriegen kannst. In dem Alter sind Jungen immer hungrig. Du wirst hart sein müssen. Die Bauern behalten ja alles für sich.

Ich bin Obersturmbannführer Professor Doktor Blättchen.

Carassius auratus! *Das Meisterwerk der chinesischen Biologie!*
Wenn Asiaten einen solchen Goldfisch erschaffen konnten, wozu werden dann deutsche Wissenschaftler fähig sein.

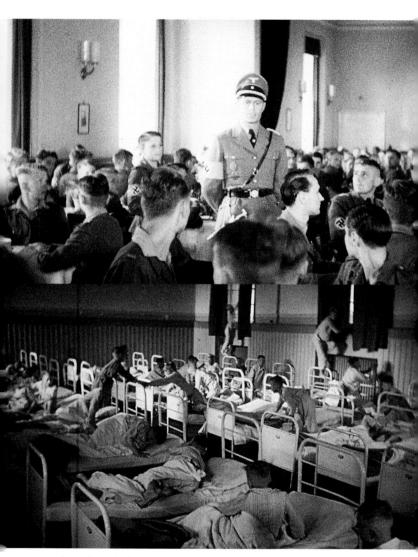

Jugend erzieht Jugend.

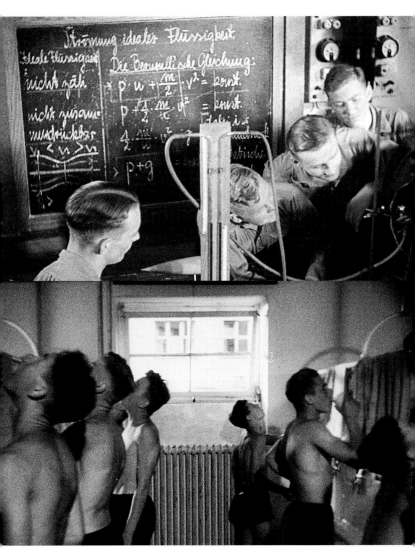

Alle für einen, einer für alle.

Gute Nacht, Jungs! — *Gute Nacht, Abel!*

Sie kamen aus Königsberg und machten eine Radtour durch die Wälder an den masurischen Seen. Ich erzählte ihnen von Kaltenborn, der Burg, dem See, den Schießständen, den Booten,

den Waffen und all dem aufregenden Leben dort. Ich lud sie ein, zum Abendessen auf die Burg zu kommen, mit Hunderten gleichaltriger Jungs zu übernachten.

Das ist ausgezeichnet, Abel. Du hast die Jungen hierhergebracht. Du hast Initiative gezeigt. Ja, ich denke, das soll in Zukunft deine reguläre Aufgabe hier sein.

Die einfachen Leute, besonders die Bauern, sind so unbehauen und ungebildet, daß sie uns ihre Kinder vorenthalten. Du selbst bist ein einfacher Bursche. Dir werden sie vertrauen.

Er nannte mich einen einfachen Burschen, weil er nichts von meiner geheimnisvollen Natur wußte.

Kämm die ganze Gegend durch. Und geh ruhig entschlossen vor, wenn es nötig ist. Aber bring uns die Jungens.

Zuerst hatten die Leute Angst vor mir. Aber bald erkannten sie meine besondere Verbundenheit mit Kindern.

Meistens sind sie zutraulich. Und sind sie nicht willig,
so brauch' ich Gewalt.

Ich hatte eine Aufgabe, und die Leute achteten mich.
Sieben Jungs auf einmal brachte ich ohne Mühe vom See mit ins Schloß.

Doch nun, nachdem meine Liste länger und länger wird, muß ich sie alle einzeln in den Dörfern und Wäldern aufgreifen.

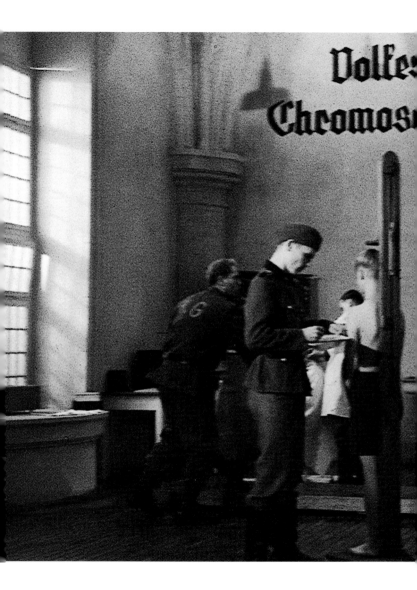

Großartig! Ganz hervorragend! Vollkommen dolichozephal, ein ausgesprochen nordischer Typ.

Welch reiner Geruch. Weißt du, daß ich einen Schwarzen und einen Juden mit geschlossenen Augen erkennen kann? Nur wegen der Säuren, die sie ausscheiden?

Schläue ist kein Merkmal der germanischen Rasse! Wir wollen keine Schläue! Wir setzen auf die dunklen Kräfte in der Tiefe unseres Volkes.

Die Wahrheit ist dunkel! Das ist es, was uns zu ungeahnten Schöpfungen befähigt! Wagner! Nietzsche! Bruckner!

*Ihr habt die große Ehre und das Glück, nach Osten zu ziehen!
Von diesem Tage an habt ihr keinen Vater mehr und keine Mutter und keine
Familie. Von nun an gehört ihr dem Führer.*

Ein berauschendes Ritual. Lieder, Fackeln. Es ist schwer, dem zu widerstehen. Es hat auch Sie vergiftet, habe ich recht? Die Lieder, die Flammen, die Fahnen – es ist ein großes Schauspiel, überwältigend für einfache Gemüter.

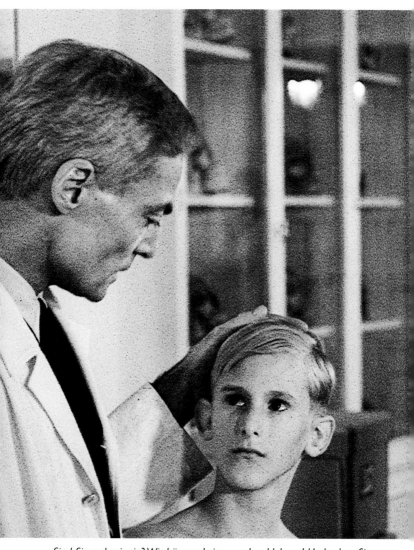

Sind Sie wahnsinnig? Wir können keinen mehr ablehnen! Und sehen Sie sich doch den Jungen an – so blond wie der ist!
Die Bolschewiken glauben auch, wenn man nicht jede Ratte wie ein

Rennpferd behandelt, dann sei das soziale Ungerechtigkeit. Die glauben auch, sie könnten ein Schwein aus dem Saustall holen und es „erziehen", bis es ein Windhund wird.

Ich habe hier eine ganz besondere Mission!
Ich arbeite am Nachweis einer judeo-bolschewistischen Rasse! Man
bringt mir Exemplare von den Schlachtfeldern. Exemplare wie diese hier!

Sie sind ein Teil der Verschwörung. Wie alle sogenannten Aristokraten.
Ein falscher Adel und eine Pseudotradition. Das ist nicht Deutschland.

*Wir werden die Armee von diesen Elementen säubern.
Bis hinauf in die höchsten Ränge.*

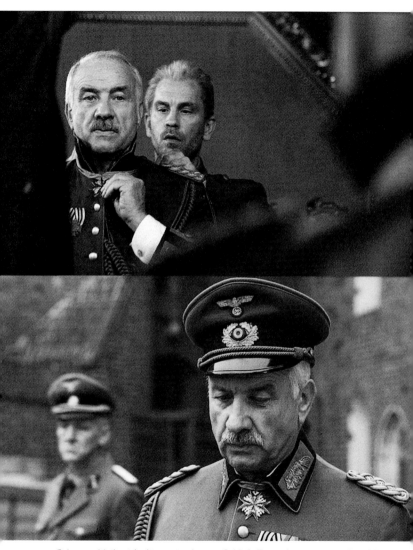

Geh weg, bleib nicht länger in diesem Schloß. Es wird zerstört werden. Alles wird restlos zerstört werden, auch die Kinder. Diese Leute haben den Brand gelegt, und jetzt wird ihr eigenes Haus niederbrennen.

„Warnung an alle Mütter. Ein Unhold zieht durch unsere Nachbarschaft und stiehlt unsere Kinder. Hört nicht auf seine Versprechen noch auf seine Drohungen …

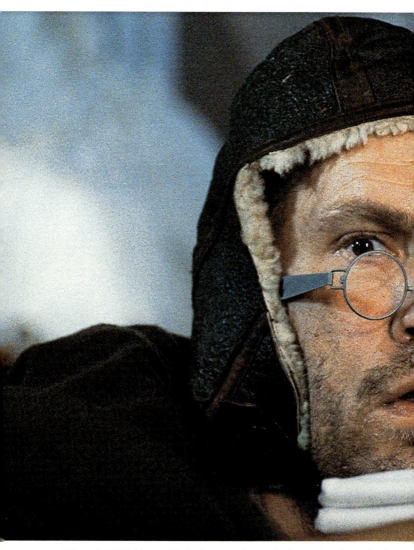

...Wenn der Unhold euer Kind mitnimmt, dann seht ihr es niemals wieder."

Oh, mein Gott – ein Unhold?

Die Älteren wurden nun an die Front geschickt.
Jungmannen, Soldaten! Euer Blut ist unser wertvollstes Gut! Ein Teil davon muß vielleicht der Erde zurückgegeben werden. Ihr solltet stolz darauf sein.

Blut und Erde gehören zueinander. Die Scholle muß vom Blut durchtränkt werden. Blut macht die Erde fruchtbar. Neue Generationen werden daraus hervorgehen.

Auf den wenigen schmalen Straßen, in der winterlichen Kälte traf ich auf Flüchtlinge verschiedenster Herkunft. Eine wilde Flucht, ungeordnet, chaotisch. Einige deutsche Soldaten sind auf dem Weg

zur Front, andere sind unter den Zivilisten auf dem Weg nach Westen. Die Russen können nicht mehr weit sein.

Sie marschieren nur bei Nacht. Ich sah sie im Mondlicht ... Man sagt, daß es die Toten sind, die aus ihren Gräbern überall im Osten gestiegen sind ... sie hasten so wie Flüchtlinge ... Aber ich weiß, wer sie sind. Ihre Körper sind wie Skelette ... Sie sind aus den Lagern ... es gab überall Lager ... Todesmühlen ... Seife haben sie gemacht aus den Leuten ... niemand sollte es wissen. Aber ich habe sie im Mondlicht marschieren sehen, in ihren Schlafanzügen, schwebende Skelette. Wenn einer fällt, dann geben sie ihm die Kugel.

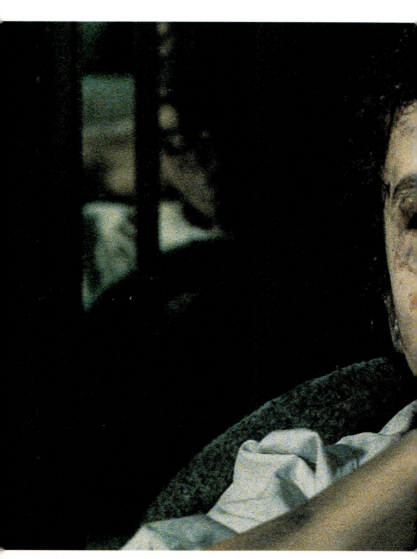

Viele, viele Menschen. Alle Gas, Ofen. Tot.

Sing, Ephraim, sing, sagten die SS-Offiziere. Immer mußte ich singen.

Lange habe ich dem Schicksal blind vertraut und bin ihm immer gefolgt.

Kann es sein, daß ich all die Zeit einem Nichts gefolgt bin?
Daß es nichts gibt und ich allein bin?

Sie haben uns nur Lügen erzählt. Es wird keinen Endsieg geben. Wir müssen fort. — *Du sprichst wie ein Verräter.* — Wir gehören dem Führer. Wir geben niemals auf.

Er gehört nicht zu uns. Er ist nur ein Franzose. Ja, er ist nicht mal ein Deutscher.

Jungmannen, schließt die Tore. Die Zeit ist gekommen. Das Schloß ist zur Verteidigung gerüstet. Der Feind ist nah, und er wird uns den Sieg bringen. Wir geben die Festung niemals auf. Sieg heil!

Ergebt euch. Die Festung ist umstellt.

Nicht schießen! Hier sind nur Kinder! Es ist eine Schule!
Nicht schießen!

In dieser Nacht strafte Gott die Ägypter ...

Lauf, Abel, lauf!

Nicht schießen. Er ist ein französischer Kriegsgefangener!

Dreh dich nicht um, Abel, lauf! Du bist stark wie Behemoth.

Je tiefer meine Füße in dem eisigen Morast versinken, desto schwerer fühle ich die Last des Jungen auf mir. In der Schule hatten uns die Priester eine Geschichte erzählt. Es war einmal ein Seemann

in höchster Seenot. Er nahm auf seine Schultern einen kleinen Jungen, damit die Unschuld des Jungen ihm helfe, Gottes Gunst zu erlangen.

Vergeßt nie, daß ihr alle unter dem Zeichen des heiligen Christophorus steht. So übersteht ihr das Böse, indem ihr Schutz sucht unter dem Mantel der Unschuld, hatte uns der Priester gesagt.

Solange ihr ein Kind tragt, werdet ihr Flüsse und Stürme durchqueren und sogar die Flammen der Sünde. Und dann ...

ENDE

Alle Abbildungen in diesem Buch sind
Photogramme aus der 0-Kopie des Filmes,
Kodak-Eastman Color Positiv (ECP) Nummer 5386.

Im Negativbereich wurden verwendet:

Eastman black-white:
Nummer 5231 für Außenaufnahmen
Nummer 5222 für Innenaufnahmen
Eastman Color:
Nummer 5293 für Außenaufnahmen
Nummer 5298 für Innenaufnahmen
und Nacht/Dämmerung Außenaufnahmen

Bilder ausgewählt
von Angelika Gruber
und Christophe Mazodier

NACHWORT

Als die amerikanischen Lastwagen mit den schwarzen Fahrern am Steuer durch den Bärstadter Wald in Schlangenbad einrollten und im Kurhaus das HQ aufgeschlagen wurde, begann eine neue Zeit, aber das sogenannte Dritte Reich war für uns Kinder noch lange nicht zu Ende. Ich erinnere mich gut, wie wir, hinter weißen Laken versteckt, ihren Einzug beobachteten, wie die Nachricht von der ersten Atombombe von Mund zu Mund ging („... nicht größer als ein Apfel") und wie ein Jeep wild hupend durch die Dorfstraße fuhr, wir Kinder schreiend nebenher: „Der Krieg ist aus, der Krieg ist aus!" im Rhythmus von „Der Wolf ist tot, der Wolf ist tot".

Ich war sechs und trug Lederhosen. Noch ein ganzes Jahr lang gingen wir nicht zur Schule. Die Welt gehörte uns. Die Erwachsenen waren besiegt und geschlagen. Die Besatzer die natürlichen Alliierten der Kinder. Jeder von uns hatte seinen Ami, junge G.I.s aus Iowa oder den Dakotas, die sich für unsere Fahrräder und Schwestern interessierten. Die ersten Worte, die wir zu ignorieren lernten, waren OFF LIMITS und NO FRATERNIZATION.

Gefragt waren Nazi-Devotionalien aller Art, Suppenteller mit Hakenkreuz, *Mein Kampf* mit Hitlerbild, Messer, Dolche und „Völkische Beobachter". Im Tausch gegen Cola, Zigaretten und Butterfinger besorgten wir das Gewünschte aus Kellern und von Dachböden, wo es im Überfluß zu finden war. Bald übertrug sich die Faszination auch auf uns. Kriegsbücher wurden verschlungen, Frontberichterstattungen und vor allem das Jugendmagazin „Der Kamerad". Allmählich dämmerte uns, daß wir Kleinen eine „... große Zeit" knapp versäumt hatten. Und wieso hatten wir den Krieg überhaupt verloren? Welcher Schiedsrichter hatte die zerbombten Häuser und die gefallenen Soldaten gezählt, um den Sieger festzustellen – fragten wir uns, an das ausgebrannte Wrack eines Panzerspähwagens gelehnt, in dem es nach verschmortem Edamer Käse roch. Der deutsche Landser war doch unbestritten der bessere Soldat, die Zündapp-Maschinen, die Krupp 88, die Messerschmitts auch nicht von schlechten Eltern. War hier alles mit rechten Dingen zugegangen? War der Sieg ein Betrug?

Diese Frage beschäftigte uns mit wachsendem Selbstbewußtsein mehr und mehr. Auch die halblauten Bemerkungen der Erwachsenen ließen ein Geheimnis ahnen. Wir besiegt? Von denen mit ihrem Kaugummi? Die überall sichtbaren Folgen des Krieges änderten nichts an der Faszination, mit der wir den Erzählungen der älteren Jungens, die in HJ und Volkssturm gewesen waren, lauschten. Auch die ernüchternden Ergänzungen der ersten, meist versehrten Heimkehrer machten uns nur noch neugieriger. In einer krausen Mischung entdeckten wir uns obendrein als Germanen und kämpften gegen Drachen und verweichlichte Römer. Wir nannten uns Siegfried, Wotan und Alberich.

Kurz vor der Währungsreform etwa waren wir tief überzeugt von der Überlegenheit der germanischen Rasse, deren Existenz für uns gesicherter war als die des lieben Gottes. Sporadische Aufklärungen der wenigen fortschrittlichen Lehrer wurden belächelt. Es konnte sich bei ihnen nur um Versager handeln, die es bei den Nazis zu nichts gebracht hatten. Entsprechend darwinistisch wurden sie von uns behandelt, wofür ich heute noch Abbitte leisten muß, denn ich spürte damals schon, daß sie recht hatten. Das Rudel war aber stärker. Gemeinsam weilten wir nach Schulschluß am Atlantikwall, mit Max Schmeling auf Kreta, mit dem KRAD im Kaukasus, am Nordkap, in Fjorden und immer wieder auf

Märklin-Zerstörern im Seekrieg rund um den Globus, wobei auch Skagerrak und Graf Luckner irgendwie mit unterkamen.

Dieser ganze Bodensatz aus Kindheitserlebnissen, Erzählungen und Nazischriftgut aller Art, längst begraben unter zehn Jahren französischer Erziehung, politischem Engagement der sechziger Jahre und einem ziemlich tätigen Leben überhaupt, wurde durch die Lektüre von Michel Tourniers Roman *Der Erlkönig* im Herbst 1993 jäh und völlig unerwartet aufgewühlt.

Die Reise des französischen Kriegsgefangenen (K.G.) ABEL TIFFAUGES nach Deutschland und seine Entdeckung einer heldischen Jugend mitten im Alltag des „Dritten Reiches", fern von allen Kriegsschauplätzen im unwirklichen „Traumland" Ostpreußen, erinnerte mich bildstark an die mythenreiche Welt, in der ich aufgewachsen war. In seinem abstrusen Weltbild aus Legenden und Symbolen, die alle Wirklichkeit verdeckten, erkannte ich mein eigenes. Wie war das alles möglich gewesen? Wieso konnten wir als Kinder noch in den Ruinen der Nachkriegszeit darauf hereinfallen? Wie konnte der in Frankreich geächtete Abel nicht darauf hereinfallen? Diese Fragen waren schon einen Film wert, um so mehr als ich in Babelsberg in einem speerschen Steinbau residierte, den Goebbels bei der Grundsteinlegung der Jugend und der Kunst gewidmet hatte. Die Vergangenheit war im wiedervereinigten Berlin rundum präsent, von vielen Tabus belegt, die Michel Tournier völlig unschuldig ausspricht. Schlagartig stürzten die Bilder auf mich ein. Überdies liefert Tournier selbst so viel Dokumentarmaterial in seinem Text, daß die zweifellos esoterische Herkunft seiner Hauptfigur darüber fast vergessen wird.

Neben den authentischen Erzählungen französischer Kriegsgefangener hat er die pingelig genauen Aufzeichnungen des letzten Oberförsters der Rominter Heide, jenes sagenumwobenen Jagdreviers der deutschen Kaiser und des Reichsjägermeisters, ausgewertet. Gesucht und gefunden hat er die in der Universität Straßburg sichergestellten Unterlagen deutscher Rassenforscher, ebenso wie im Gotha die Ursprünge der Deutschordensritter, die Liedertexte des Baldur von Schirach wie diejenigen Goethes, die Fluß- und Städtenamen zwischen Pillau und Goldap auf Straßenkarten des deutschen Reiches, das Tagebuch des Grafen Lehndorff im apokalyptischen Untergang Königsbergs sowie die Kataloge der Ornithologen im Vogelparadies Rossitten der Kurischen Nehrung.

Das dazugehörige Wochenschaumaterial und ein paar Ufa-Spielfilme waren schnell gesichtet. Die Frage war nicht, was der Film rekonstruieren müßte, sondern erstens, wie es überhaupt herstellen, und zweitens, wie es zeigen. Das eine würde sich aus dem anderen ergeben, so viel wußte ich aus Erfahrung. Der Stil konnte bestenfalls aus der Lösung konkreter Schwierigkeiten des Darstellens entstehen. Wie ein fertiger Film einmal aussehen wird, überläßt man am besten ohne jedes Apriori der täglichen Arbeit. Auf diese Art bleibt man auch selbst bis zum Schluß neugierig auf das Ergebnis, das hoffentlich überraschen wird. Auf jeden Fall würde der Film wie das Buch ein großer Bilderbogen werden. Es geht mir auch jetzt nicht darum, diese Bilder zu interpretieren, sondern nur, den Weg zu ihnen zu beschreiben.

Zunächst gab es zu entscheiden, wo anfangen und welche Geschichte aus dieser riesigen Sammlung erzählen. Dann galt es, eine haltbare Struktur zu finden.

Schlägt man das Buch und die Augen zu, erinnert man sich sofort an die wie aus Holz geschnitzte Figur eines zärtlichen Riesen, der vorgibt, so alt wie die Welt zu sein, der keinerlei Entwicklung durchmacht und am Ende wieder im Nebel der Zeit verschwindet. Seine Liebe zu Kindern ist so rein wie verheerend. Ferner tauchen Bilder von Schauplätzen auf: ein Jagdschloß mit grandiosen Sälen, eine Ritterburg mit Zugbrücke und hohen Mauern, ein tristes, französisch diszipliniertes Internat, weite verschneite Landstriche, die an Kanada erinnern, sommerliche Wälder und Seen unter hohen Himmeln, ein vereistes Moor …

Was die Sache erschwert, ist, daß Abel nicht wirklich ein Riese, sondern ein gewöhnlicher Automechaniker ist und daß die Burgen und Landschaften nur in seiner kindlichen Phantasie so legendär sind. Mit Wirklichkeit hat seine Reise wenig zu tun, obwohl sie doch in einer so geschichtsträchtigen Zeit wie den Jahren 1939 bis 1945 spielt.

1. DIE STORY

Abels Geschichte beginnt erst richtig, als ein Zug voller Kriegsgefangener über eine Rheinbrücke rollt, Deutschland durchquert und die K.G.s in einem Lager tief in Ostpreußen absetzt. Während alle anderen Fluchtpläne schmieden, begnügt unser Held sich mit heimlichen Ausflügen in die umliegenden Wälder. Dort begegnet er einem blinden Elch. Abel glaubt sich im Traumland seiner Kindheit. Um ihn zu verstehen, müssen wir also etwas von seiner Vergangenheit erzählen, zumal der Elch Unhold genannt wird, gerade so wie Abels Mätresse ihn genannt hat: „Du bist kein Liebhaber, du bist ein Unhold."

KINDHEIT

Abel behauptet, ein Waisenkind zu sein, das schon bei der Geburt voll ausgewachsen war, und zudem halb aus Stein. Dem kleinen Jungen in dem katholischen Internat St. Christophorus ist dieser mythische Ursprung nicht anzusehen. Er ist eher der Prügelknabe aller, nur beschützt von dem enorm dicken Sohn des Hausmeisters. Nachts nimmt Nestor ihn mit in die Proviantkammern der Schule, um bei ausgedehnten Freßorgien den Abenteuergeschichten von Curwood und Jack London zu lauschen, die Abel ihm vorliest. Eines Tages werden auch sie als Trapper leben und im Pelzhandel ein Vermögen machen. Doch als Abel wieder einmal bestraft werden soll, wünscht er sich, daß die Schule brenne. Tatsächlich brennt die Schule, sein Freund Nestor kommt in den Flammen um, und Abel begreift, daß sein Schicksal und der Lauf der Welt auf geheimnisvolle Art miteinander verknüpft sind.

Zwanzig Jahre später lebt er versteckt im Dunkel einer Vorortgarage. Kurzsichtig und ölverschmiert repariert er Autos. Sein einziger Lichtblick sind die Kinder auf einem nahegelegenen Schulhof und am Monatsende der Besuch seiner Buchhalterin Rachel. Er nennt sie seine Mätresse, obwohl seine Sexualität nicht gerade genital ist. Lieber photographiert er Knaben beim Indianerspiel oder fährt die kleine Martine im Auto eines Kunden nach Hause. Den kleinbürgerlichen Nachbarn ist sein Treiben verdächtig. Als das zwölfjährige Mädchen nach einem Streit Abel anklagt, sich an ihr vergriffen zu haben, glauben die Erwachsenen ihr nur zu bereitwillig. Abel landet im Gefängnis, doch wieder brennt die Schule: der Ausbruch des Zweiten Weltkrieges rettet ihn vor dem Schwurgericht. Der Richter schickt ihn an die Front. Für Abel steht fest, daß nur der Einklang zwischen seinem Schicksal und dem Lauf der Geschichte dies bewirkt haben kann. Soviel zur Vorgeschichte.

Schon beim Blick aus dem Zugfenster auf die masurischen Seen weiß Abel, daß die wunderbaren Abenteuer, die Nestor ihm vorausgesagt hat, sich nun erfüllen werden. Durch die Freundschaft mit „Unhold", dem blinden Elch, fällt er dem

Oberforstmeister der Rominter Heide auf. Als Hilfskraft kommt er auf den „Jägerhof". Staunend entdeckt Abel die Kunstschätze, die der Reichsjägermeister Göring hier zusammenträgt, kümmert sich um das Haustier, den Löwen Bubi, und begleitet seinen Herrn in die Wälder. Er dient ihm wie einst seinem Freund Nestor, an dessen unersättliche Freßsucht ihn dieser braune Unhold erinnert. Seine beängstigende Tierliebe geht vom Befingern und Kosten der Losung junger Rehe bis zum Abschuß unzähliger, ihm reservierter, kapitaler Hirsche. Das Feiern der Strecke, die an ein Schlachtfeld erinnert, wird durch eine Nachricht aus Stalingrad jäh unterbrochen. Der Reichsmarschall verschwindet so plötzlich, wie er aufgetaucht war, aus Abels Leben.

Doch sein Schicksal hat schon die nächste und letzte Station seiner Reise bestimmt. An einem nahen See liegt die gotische Feste Kaltenborn, wo Jungmänner zwischen zwölf und sechzehn Jahren auf ihre Rolle als zukünftige Elite des „Dritten Reiches" vorbereitet werden. Wie ein mittelalterlicher Ritter reitet Abel über die Brücke in den Burghof ein. Aus dem simplen Fuhrknecht wird bald der komische, liebenswürdige Freund der Jungmannen. Abel liebt die Knaben, die wacher und mutiger sind als irgendsonst ein Lebewesen. Er teilt ihr Draufgängertum, ihre Lieder und nächtlichen Rituale, bald sogar ihre Kriegsspiele. Von seinen Streifzügen in die Umgebung bringt er nicht nur Äpfel und Kartoffeln mit, sondern auch Jungen, denen er ein aufregendes Leben auf der Burg verspricht. Die meisten kommen freiwillig mit ihm, bei andern braucht er Gewalt. Endlich hat Abel seine Aufgabe im Leben gefunden. Der Anstaltsleiter lobt ihn, die Knaben lieben ihn, und erst als die Rote Armee vor dem Schloß steht, wird aus dem Spiel bitterer Ernst.

II. STRUKTUR UND STILMITTEL: UNSER ALPHABET

Abels Geschichte ist so unwirklich, daß ihr mit dem gewöhnlichen Erzählen des Spielfilms, bei dem der Zuschauer sich mit dem Hauptdarsteller identifizieren soll, nicht beizukommen ist. Kurze Episoden folgen einander schnell, riesige Tableaus breiten sich zeitraubend aus, Jahreszeiten und geschichtliche Ereignisse werden mit Zeitraffertechnik abgehakt, die Stimmung eines Augenblicks dauert ewig. Solche Brechungen im Rhythmus kannten höchstens Bänkelsänger, die an Hand von primitiven Zeichnungen Balladen vortrugen oder rapsodieartige Musikstücke. Stummfilmtechniken, Schwarzweiß-Material, Blenden bieten sich an, um den Stoff im ersten Teil zu raffen. Die Schulzeit, die im Roman über hundert Seiten beansprucht (und von Tournier einmal als in sich abgeschlossenes Werk geplant war), macht im Film nur noch sieben Minuten aus. Genug, um seine Herkunft, seine Freundschaft zu Nestor und seinen Glauben an ein Schicksal zu erwähnen. Stark genug aber auch, um die nächsten zwei Stunden zu überschatten, denn Abel bleibt für immer ein Kind und wird nie älter als zwölf Jahre.

Folgt die Episode als Erwachsener vor Ausbruch des Krieges, die gefährlich psychologisch werden könnte, wenn man sich zu sehr auf seine Beziehung zu Rachel und der kleinen Martine einläßt. Abel aber läßt sich nicht gut durch Psychologie erklären. Er macht keine Entwicklung durch. Er ist aus Stein oder aus Holz geschnitzt und Tourniers Buch das Gegenteil eines Entwicklungsromans. Also muß auch dieser Teil slapstickartig schnell erzählt werden. Weitere hundert Seiten des Romans werden auf weniger als zehn Minuten reduziert, damit der Film endlich zu seinem eigentlichen Anfang kommt, der oben beschriebenen Zugfahrt in die Gefangenschaft.

Die Kindheit und Abels Pariser Zeit enden jeweils mit einem Schicksalsschlag und einer Abblende. Einmal brennt die Schule, das andere Mal bricht der Krieg aus. Hitler zieht in Paris ein, Abel fährt nach Osten. Zwei Unholde brechen auf in die Welt.

Abel, der nie aus den Mauern des Internats und seiner dunklen Werkstatt hinausgekommen ist, entdeckt zunächst Landschaft. Für diese pastorale Phase müssen wir uns Zeit lassen. Vom Herbst über einen Winter hin lebt er in einem Lager, umgeben von Seen und Wäldern. Es ist ein Arbeitslager, viele Gefangene werden auf die Bauernhöfe geschickt, andere arbeiten an einem Flugplatz für die Maschinen des Chefs der Luftwaffe, Hermann Göring. Tiere weisen Abel den Weg. Ein Taubenpaar, das sich bald vermehrt, hat er aus seiner Brieftaubenbrigade gerettet. Beim Verfolgen eines Rebhuhns entdeckt er ein Schlupfloch aus dem Lager. Am Ufer eines zugefrorenen Sees stößt er auf die Blockhütte aus Nestors Büchern.

Ein Fabelwesen, mächtiger als ein Einhorn, erscheint dem eingeschlafenen Knaben. Es ist der blinde Elch. Westernmelodien, Waldhörner und verwehte Flöten begleiten Abels erste Schritte in die Unwirklichkeit. „In eurer Welt bin ich ein K.G., in meiner Welt bin ich ein Trapper", sagt er.

Bald dringt er in tiefere und dunklere Bereiche des Waldes ein, wo Göring wie ein Räuberhauptmann aus der Opera buffa auf einem tropfsteinhöhlenartigen Ansitz herrscht. „Aus der Welt des Trappers bin ich nun im Märchen gelandet", sagt Abel sich ohne große Überraschung. Grotesk und expressionistisch wird es nun, und ich hoffe, daß wir über die Wutausbrüche dieses großen Kriminellen unserer Geschichte, der seine Finger ebenso gern in Kacke wie in Diamanten taucht, lachen können. Operettenhafte Kostüme werden bemüht, blutige Jagdgesellschaften, strahlende Empfänge bei Hof, der Gral, Wagners Götterdämmerung und viel Tuba-Gebläse. Ein Augenblick unserer Geschichte wie aus einem Shakespeareschen Königsdrama, detailgetreu im Dialog, in der Gestik wie in der räuberischen Ausstattung – und doch so unglaubwürdig wie eine Zirkusnummer.

Nach diesem schaurigen comical relief erreicht unser Tor schließlich seine Gralsburg. Vom Gruselmärchen wechseln wir in die Legende. Eine utopische Republik der Knaben scheint diese einsam auf einem Hügel zwischen Wald und Seen gelegene Burg. Steinerne Riesen, von Moos überwachsen, bevölkern den Wald. Übermächtige Kolosse tragen das Portal des Schlosses. Volkslieder sprechen von hohen Tannen, weitem Land, Rübezahl und Rittern. Es ist ein sehr französisches Bild von Deutschland, das sich von Victor Hugos Beschreibung der Burgen am Rhein über Célines groteskes Sigmaringen bis zu Tourniers Kaltenborn fortsetzt. Auch hier helfen wieder nur musikalische Begriffe: nach der Opera buffa nun eine Folge von Adagio und Scherzo, Pastorale und Lied-Elementen dazu, ein apokalyptisches Rondo als Höhepunkt und schließlich eine einsam verklingende Flöte, während Abel in den vereisten Sümpfen verschwindet, ein Kind auf seinen Schultern tragend, denn aus dem unholdigen Rattenfänger wird schließlich ein Christophorus.

Ich habe mir vor Drehbeginn die Mühe gemacht, immer wieder das Drehbuch auf diese Weise nachzuerzählen, um nach und nach ein für alle Mitarbeiter verbindliches Alphabet zu entwickeln. An diesen Elementen sollten sich die Bildkomposition, die Musik, die Schnittfolge, die Architektur und die Ausstattung, die Besetzung und die Kostüme, die Schauspielführung, kurz unsere ganze Arbeit orientieren. Es war weniger eine Absichtserklärung als ein Inventar der Stilmittel, die mir spontan zu diesem Stoff einfielen. Da der Hauptdarsteller Amerikaner, der Kameramann Belgier, der Komponist Engländer, der Bühnenbildner Italiener, wir ansonsten ein paar Polen und viele Deutsche sind, war mir klar, daß jeder diese Vorgaben auf seine Art umsetzen würde. Ein spannender Prozeß, das Ergebnis unvorhersehbar. In keinem Augenblick geht es um Wirklichkeit, weder historisch noch geographisch, immer nur um Mythen, und doch ist der Film eminent politisch, denn er spielt ja nicht irgendwann und irgendwo.

III. DIE REALISIERUNG
DAS DREHBUCH

Im März 1994 kam Jean-Claude Carrière zum ersten Mal für ein paar Wochen nach Berlin, und wir erarbeiteten in etwa obige Struktur. Natürlich enthielt die erste Fassung noch viele andere Episoden, dagegen fehlte, wie schon gesagt, die Kindheit vollständig. Eine klassische Konstruktion in drei oder fünf Akten war völlig ausgeschlossen. Zu verschiedenartig sind die Ereignisse, die Abel zufällig treffen und die er als sein Schicksal auffaßt.

Nur seine Person kann das alles zusammenhalten und den Ton angeben. Andererseits spricht er so gut wie nicht, auf keinen Fall analytischen Dialog. Zuerst bedienten wir uns einer Erzählerstimme in der 3. Person, denn es schien uns anmaßend, zu formulieren, was in Abels Kopf vorgeht. Wie sollten wir es wissen? Doch je öfter wir das Buch überarbeiteten, je vertrauter wurde er uns, und seine Gedanken flossen allmählich in den inneren Monolog ein, den er mit sich führt. Viele kamen erst beim Drehen und bei der Montage dazu, andere erübrigten sich. Wichtig war, auf seine magische Natur hinzuweisen.

Er selbst behauptet, aus dunklen Urzeiten zu stammen, vor tausend und abertausend Jahren schon auf der Welt gewesen zu sein. Der schmächtige Junge im Internat ist wohl nur eine von vielen Inkarnationen. Jedenfalls weiß er um seine Vorgeschichte, wenn er auch aussieht wie ein trostloses kleines Gespenst, „erdrückt von der Feindseligkeit aller und fast mehr noch von der Freundschaft eines einzelnen: Nestor." Durch dessen Tod entdeckt er, daß es ein Schicksal gibt und daß es auf seiner Seite steht. Er braucht ihm nur zu folgen, das heißt, er braucht keinen Lebensplan zu machen und auch keine Entscheidungen zu treffen. Nur folgen. Das gefällt ihm um so mehr, als er ohnehin nur dienen will. Sein erster Meister war Nestor, den er ungewollt ums Leben gebracht hat. Nun ist er wie Christophorus auf der Suche nach einem Meister, dem er dienen kann, und wenn's der Teufel wäre. Je absoluter der Meister, je besser. Plötzlich erwachsen, hält er sich zwar für einen Riesen, ist wohl auch ziemlich groß und stark, aber seine Versuche, zu dienen, schlagen fehl.

Seine Bemühungen um die Buchhalterin Rachel bringen ihm nur Vorwürfe ein, bei der kleinen Martine wird ihm gleich Kindesschändung unterstellt. Abel weiß immer noch, daß er helfen muß, nur eben nicht der weiblichen Spezies. Jede Art von Tier dagegen nimmt seine Hilfe an: Küken, Tauben, ein blinder Elch, ein großes Pferd, vier schwarze Dobermänner. Er sagt sich, daß er ein großer, sanfter Riese ist, der unendlich viel Liebe zu geben hat und ebensoviel Zärtlichkeit braucht. Den absoluten Meister findet Abel zunächst in Göring, doch dessen Aufenthalt ist von kurzer Dauer. Immerhin begreift er an seinem Beispiel, daß unumschränkte Macht etwas Anarchistisches ist und daß die Herren dieses Dritten Reiches nicht zögern, sie unumschränkt auszuüben. Daß sie große Kriminelle sind, interessiert Abel nicht, denn er kennt keine moralischen oder gesellschaftlichen Werte. Auf der Burg, in dieser Nationalpolitischen Erziehungsanstalt, der Napola, wird er nun zum Diener des Regimes, ohne es zu merken. Auch als klar wird, daß die Kinder im Grunde dem Tod geweiht sind, wird Abel nicht zum Anti-Nazi. Das war ein Punkt, der John Malkovich in der zweiten Drehbuchfassung sehr wichtig war. Nach ausgiebigen Diskussionen auch mit Michel Tournier haben wir Abel diese letzte politische Erkenntnis erspart. Er will die Kinder nur retten, es geht ihm ums Überleben, er ergreift am Ende sowenig Partei gegen die Nazis, wie er sich zuvor für ihre Ideologie interessiert hat. Er ist als Tor nicht empfänglich für Ideen; insofern nicht zu korrumpieren, wohl aber zu verführen. Ebensowenig würgt er auf dem Dachboden den Nazi aus Widerstand oder weil er jetzt von den Todeslagern weiß, sondern nur, um den kleinen Ephraim zu retten. In ihm, dem abgemagerten Kind mit dem gelben Stern, der ihm leuchtet wie der Komet den Weisen im Morgenland, findet er schließlich seinen absoluten Meister. Buchstäblich blind folgt er seinen Anweisungen und rettet sich so aus der Burg und durch die Reihen der russischen Soldaten. Womöglich wird der Knabe auf seinen Schultern ihm im Jenseits noch die Gunst Gottes, falls es einen gibt, verschaffen. In seinen letzten Augenblicken erinnert er sich an religiöse Legenden aus der Schulzeit. Sein Schicksal ist also nicht, ein Unhold, sondern ein Träger des Kindes zu sein. Ein Interpret Tourniers hat daraus geschlossen, daß die tiefere Bedeutung Abels nichts anderes als die Sehnsucht der Männer sei, wie Frauen ein Kind in sich tragen und ernähren zu können.

Die Entdeckung der Macht, wie man sie sich aneignet und wie man damit umgeht, ist für Abel so wichtig wie für jedes Kind. Daß die nicht vorhandene genitale Sexualität Abels Faszination für die Macht vielleicht ebenso erklärt wie deren

Unterdrückung beim obersten Chef der Napolas, Heinrich Himmler, kann gut sein, aber ich insistiere nicht darauf. Solche analytischen Raster lassen sich oft finden, sie helfen aber weder dem Schauspieler noch dem Regisseur beim Gestalten einer Rolle. Da er ein Kind bleibt und sein Universum völlig egozentrisch ist, faszinieren ihn alle, die wissen, was sie wollen, und keine Angst haben, ihre Macht zu nutzen. Das gilt für Nestor wie für Göring, für den Leiter der Napola, Raufeisen, wie für den wissenschaftlichen Kopfjäger Obersturmbannführer Otto Blättchen. Alle Macht scheint dem Kind Abel willkürlich, weshalb ihm die totalitäre besser gefällt als die versteckte bürgerliche. Auch der größenwahnsinnige Oskar Matzerath hat nicht aus ideologischen Gründen gegen Hitler oder Jesus getrommelt, er wollte nur die gleiche Allmacht für sich selbst.

Abel baut sich am Rande der Geschichte ein kleines Reich in Kaltenborn. Kindlich genießt Abel seine Macht, als er durch Wälder und Dörfer reitet, hoch zu Roß und begleitet von schwarzen Dobermännern, den Bluthunden der SS, um kleine Jungen einzusammeln. Er verspricht ihnen schöne Spiele und weiß nicht, daß er sie wie der Erlkönig zum Sterben holt.

Der Hinweis auf Goethes Gedicht ist nicht nur wichtig, weil es Tourniers Inspiration war, sondern weil die Form der Ballade unserer Filmerzählung am nächsten kommt. Wir haben den Titel, übrigens nur im Deutschen, lediglich geändert, weil der schöne Ausdruck Erlkönig durch Schulunterricht und Wunschkonzert so belegt ist, daß er die falschen Erwartungen geweckt hätte. Nachhilfeunterricht, Deutschstunde: „Wer reitet so spät durch Nacht und Wind ..." Andererseits gefällt mir das Wort „Unhold" sehr. So wird man nur im Märchen genannt. Als Titel ist es also das richtige Signal. Zudem verändert es sich sehr im Laufe der Geschichte:

Rachel nennt ihn ein Monster, einen Unhold, weil er sie nicht wie ein Mann lieben kann. Er selbst hält sich für ein Fabelwesen. Der Elch im Wald wird von den Bauern Unhold genannt. Die Eltern warnen ihre Kinder vor dem Unhold, der sie nach Kaltenborn entführt. Göring ist ein menschenfressender Unhold. Hitler wurde der braune Unhold genannt, und schließlich holt der Unhold Krieg Schuldige wie Unschuldige.

Mangels einer klaren Storyline war es wichtig, diese vielen Aspekte der Hauptfigur herauszuarbeiten, denn nur sie hält den Film zusammen. Nach der zweiten Fassung war auch Michel Tournier mit dem Drehbuch zufrieden, soweit ein Autor mit einem solchen vom Fleisch des Wortes entblößten Skelett überhaupt etwas anfangen kann. Es ging nun darum, wo, wie und mit wem es umsetzen.

DIE LANDSCHAFT – DIE SCHAUPLÄTZE – DIE SZENENBILDER

„Dieses Land, seit tausend Jahren von Blut getränkt, war nur mehr ein Beinhaus, bestückt mit den Ruinen alter Festungen, auf denen von MG-Salven zerfetzte Fahnen flattern ...", so oder so ähnlich beschreibt Michel Tournier Ostpreußen und fügt hinzu: „Im Gefühl der Deutschen spielte Ostpreußen schon immer eine bedeutsame, poesiebeladene Rolle. Jedes Volk hat gern so einen entlegenen Landstrich, der ihm als Hort für seine Träume dienen und in den es seine Heiligen und seine Spitzbuben schicken kann. Für England hat lange Zeit Indien diese Rolle gespielt. Amerika hatte seinen schon halb sagenhaften Wilden Westen, der in Kalifornien und Hollywood gewissermaßen zur Vollendung kam. Ein Jahrhundert lang hat Frankreich seine Sahara mit seinen Missionaren, seinen weißen Schwadronen und seinen Phantasien von einem uralten Atlas-Reich bevölkert. Ostpreußen – die Wiege

Preußens, denn der erste preußische König wurde in Königsberg gekrönt –, Ostpreußen mit seinen Deutschordensrittern, mit den Schwertbrüdern, mit den Wanderdünen, auf die riesige Schwärme von Zugvögeln einfallen, mit seiner ganzen phantastischen Tierwelt, in die Wisent, Wolf und schwarzer Schwan verwoben sind, hatte in den Augen der Deutschen die unbestimmten Konturen eines Traumlandes."

Wir machten uns im Herbst 1994 zum ersten Mal auf, dieses Traumland zu suchen. Die Farben des Herbstes sollten es vergolden, denn aus Erfahrung wußte ich schon, daß die Landschaften der Literatur sehr viel beeindruckender sind als die wirklichen. Das Danzig des Günter Grass war in der grauen, zerfallenden Stadt, die wir 1978 aufsuchten, so wenig zu finden, wie der wirkliche kaschubische Kartoffelacker epische Dimension hatte.

Die Güter und Burgen Ostpreußens waren zerstört, nur die Betonklötze der Wolfsschanze wurden noch von Touristen besucht. Die Jagdreviere und Wälder waren hauptsächlich Nutzholzanpflanzungen in Monokultur, das Wild entsprechend ausgestorben. In den Dörfern erinnerten nur die Gänseherden an die Poesie vergangener Zeiten. Die masurischen Seen immerhin spiegelten noch den Himmel, jedoch waren die Ufer von Mini-Datschen und Campingplätzen gesäumt. Die Spuren des Krieges dagegen waren auch fünfzig Jahre danach noch überall zu entdecken, vor allem am Plattenbau in Städten wie Allenstein, Goldap, Deutsch Eylau und anderen. (Nur der Grand Canyon und Monument Valley liefern die Traumlandschaften der Filme eins zu eins.) Wir würden sie nachbauen und ausstaffieren müssen, um in etwa an die vom Text geweckten Vorstellungen heranzukommen, und damit unseren Teil zur Mythenbildung beitragen.

Eine zweite Motivsuche im Februar 1995 bei klirrendem Frost war schon ergiebiger. In der einen Burg gab es noch einen schönen Dachstuhl, in der anderen Wehrmauern, die dritte lag an einem See und bot grandiose Blicke aus hohlen Fensterlöchern, die vierte gar war völlig restauriert und von über tausend Touristen pro Tag bevölkert. Familie Fink zu Finkenstein reiste aus Dortmund an und zeigte uns schöne Fotos der Burg, wie sie sie am 25. Januar 1945 vom gedeckten Frühstückstisch weg verlassen hatte. Das Buch eines Wehrmachtsoffiziers beschrieb in allen Einzelheiten, mit Fotos belegt, den „heldenhaften" Widerstand der Marienburg, die drei Monate lang zwar beschossen, aber nicht eingenommen wurde. Es war die Gründerburg des Deutschritterordens, das größte gotische Bauwerk aller Landstriche, einst Vorposten der Christianisierung Osteuropas („zweitausend Pruzzen an einem Tag getauft"), später von Goebbels zur ‚letzten Bastion gegen den Ansturm der roten Horden' ernannt. Mythos und Wirklichkeit gaben sich hier die Hand.

Diese ersten Reisen vor Ort sind immer der Moment, in dem ein Projekt aus dem Papierstadium heraus zu etwas Greifbarem wird. Wie Abel entdeckten wir eine vergessene Geographie und Geschichte. Michel Tournier unterscheidet übrigens zwischen Schriftstellern, die historisch, und solchen, die geographisch sind. Das Musterbeispiel des geographischen Romans ist natürlich sein *Freitag oder im Schoß des Pazifik*. So imaginär und doch zum Anfassen sinnlich präsent wie Robinsons Insel mit ihrer Fauna und Flora sind auch seine ostpreußischen Landschaften. Die Schneedecke über den Dörfern, das krachende Eis auf den Seen, die sonnenklare Kälte selbst brachten uns die Topoi allmählich näher. Der Wechsel der Jahreszeiten war unverzichtbar, was uns zu einem Sommer- und Winter-Drehplan über sechs

Monate mit entsprechenden Unterbrechungen zwingen würde. Zum zweiten mußten wir gestalterisch in die Landschaft eingreifen.

An Ostern 1995 traf ich zum ersten Mal Ezio Frigerio, der von den „Eingeschlossenen in Altona" bis zu „Cyrano de Bergerac" einige Filme, vor allem aber Opern und alle Inszenierungen Giorgio Strehlers ausgestattet hatte. Wir betrachteten unsere Fotoausbeute, er erzählte von seiner Kindheit und Jugend unter Mussolini. Damals war sein Vater ein Offizier in blendend weißer Uniform, er selbst glühender Bewunderer der deutschen Soldaten in seinem Heimatort gewesen. Was ihn an der Nazi-Ästhetik faszinierte, war nicht wie üblich die von Albert Speer dem Römischen nachempfundene symmetrische Forum-Architektur, sondern das Mittelalterliche und Gotische. Daher der Riese im Wald, die Karyatiden, die Roland-Ritter im Schlafsaal, überhaupt deren hohe Gewölbe und der höhlenartige Jägerhof Görings. „Im Dunkel der Tiefe liegen unsere schöpferischen Quellen", wie Professor Blättchen dem staunenden Abel erklärt. Das Erscheinungsbild der Burg von außen mußte verändert und mit Hilfe digitaler Bildtechnik auf einen Hügel versetzt werden. Für das letzte Gefecht wurde die Burgruine Symbark (ehemals Schönberg) wieder aufgebaut und dann inmitten eines Schneesturms gesprengt. Den deutschen Wald hatte Fritz Lang für seinen „Siegfried" im Babelsberger Studio bauen lassen. Wir suchten die dicksten Eichen und warteten auf das schönste Licht, um ähnlich mystische Bilder von Abels Ritt zur Burg zu erhalten. Im Innenhof der Marienburg wurden eine Grünanlage entfernt, Tausende Pflastersteine verlegt, eine hohe Mauer und natürlich eine Tribüne errichtet. Auf hohen Säulen lodert das Feuer in olympischen Schalen, Rauch wabert durch die Reihen der Jungmannen beim Fahnenappell. Die

Außenfassade von Görings Palast ragt wie eine größenwahnsinnige Kathedrale in den Wald. In Wirklichkeit war „Karinhall" eher ein Flachbau im Wikingerstil der Bilderbücher. Diese radikalen Eingriffe Frigerios verwandelten Landschaft und Architektur in Richtung der Nürnberger Meistersinger, auf die die Kleinbürger des braunen Unholdes sich so gern berufen. Solche Strömungen gehen natürlich auch unter der Oberfläche immer weiter, ebenso wie die genetischen Homunculus-Theorien Blättchens zur Zeit an Tomaten und Kartoffeln erprobt werden oder Görings Traum von einem europäischen Großreich mit Deutschland und Frankreich als Kern. Mit diebischer Freude wurden Breker-Statuen kopiert, Zeltlager vor der Burg errichtet, Röhnräder und Sprungbalken nachgebaut. Die Landsknechtstrommeln und Trompeten gab es noch beim Potsdamer Fanfarenzug, der inzwischen sogar bei der Steubenparade auf der Fifth Avenue defilieren darf.

Wie das alles wirken würde, ob wir keine Skrupel..., ein Spiel mit dem Feuer und so weiter, das sind Fragen, die mich in keinem Moment gelähmt haben. Mir war wichtiger, diese abstruse Bilderwelt herzustellen und einzulösen, was unsere Phantasie an Assoziationen mit dieser Zeit verbindet. Diese Teufel kann man nur austreiben, indem man sie mit Sarkasmus und Präzision ans Tageslicht holt, „bis das Feuer, das sie anzünden, ihr eigenes Haus niederbrennt", wie Müller-Stahl es als Graf Kaltenborn formuliert, und wir wieder vor dem Trümmerhaufen der Geschichte stehen, den sie uns hinterlassen haben.

Tourniers Analyse geht nicht von soziologischen oder politischen Begriffen aus, sondern von Zeichen, Symbolen, Emblemen und Ritualen. Von allem eben, was Mythen bemühen und bilden. Ohne sie zu zitieren, das heißt sie nachzustellen, können wir sie nicht behandeln. Es ist nur dann ein Spiel mit dem Feuer, wenn tatsächlich noch so viel Glut vorhanden ist, daß das bißchen Wind, was wir machen, genügt, sie anzufachen. Unsere Gesellschaft verfügt über genug Feuerwehr, um einen Flächenbrand zu verhindern. Gefährlicher ist es, das Potential dieser Mythen und Bilder den Skinheads zu überlassen.

Was Abel verführt, ist nicht der Totalitarismus, sondern seine mystische Selbstdarstellung als eine Welt voller Abenteuer und Helden, voller Aufgaben und Siege, wo der kleinste Pimpf angeblich schon wie ein Erwachsener behandelt wird, unter seinesgleichen ohne Bevormundung durch Eltern aufwächst, mehr sein als scheinen soll, als einzelner nichts ist, aber als Volk alles, durch dessen Adern Blut fließt, das aus Urzeiten bis in die ferne Zukunft germanisch strömt und jeden einzelnen zu einem unersetzbaren Glied in der Kette der Auserwählten macht. Dazu wird ein Weltbild ohne Wenn und Aber geliefert, mit festen Werten, Guten und Bösen, Vorbildern und höheren Zielen. Je perfekter die Inszenierung, je vielstimmiger „die morschen Knochen zittern", um so erschrockener wird der Zuschauer Anwandlungen von Begeisterung registrieren. Dieser Traum von der Allmacht steckt in jedem Kind, schlimm nur, wenn Erwachsene und ein ganzes Volk ihn träumen. Er läßt sich nicht erzählen, ohne daß es einem kalt den Rücken herunterläuft.

Anselm Kiefer hat als Maler Wege gefunden, Speer-Architektur, Walhalla und Schlachtbilder so darzustellen, daß sie monumental und grauenhaft zugleich wirken. Deshalb nahm ich meinen Mut zusammen und fragte schriftlich bei ihm an, ob es ihn reizen würde, bei der optischen Umsetzung mitzuarbeiten. Er kannte meine frühen Filme, die ja meist mit der Vergangenheit umgingen, und antwortete:

Leider kann ich aber nicht an Ihrem neuen Film mitarbeiten, da ich vor vier Jahren beschlossen habe, die Nachkriegszeit zu beenden (für mich). Bin dann gereist drei Jahre lang und habe jetzt in den Cevennen ein Atelier eingerichtet und angefangen. Sehr schwer das … wenn man 25 Jahre durch den deutschen Wald gegangen ist, dann auf einmal heraustritt, um nicht wieder dahineinzugehen, dann fühlt man sich plötzlich ohne Kopfbedeckung. Das Männlein stand im Wald doch so gut.

Obwohl das verlockend ist, an dem Film mitzuarbeiten, will ich es mir nicht erlauben, weil ich da zu Hause wäre. (Kennen Sie übrigens das Buch, das die Frau Görings veröffentlicht hat? Ein unglaubliches Ding. Ein Silberroman.)

Ich verstehe ihn nur zu gut: Auch ich habe mir schon oft vorgenommen, nur mehr auf Gegenwart und Zukunft zu schauen …

DIE DARSTELLER

Seit dem Stummfilm und aus unzähligen Buchillustrationen kennen wir die trivialen Bilder, die bei der Lektüre von Michel Tourniers *Erlkönig* im Kopf des Lesers flimmern. Für die Filmarchitekten wie für den Kameramann gab es also Vorbilder. Schwieriger war das Besetzen der Rollen, ihre Darstellung überhaupt. Paul Wegener als der „Golem", Conrad Veidt in „Caligari", Emil Jannings im „Faust" – das sind Vorbilder, an die ich denken mußte, deren ekstatisches Spiel aber so zum Stummfilm gehört, daß sie ebensowenig zur Nachahmung taugen wie die Darstellung der Nazis durch sich selbst in Goebbels' Propagandafilmen.

Abel mag sich für ein Fabelwesen halten, uns berührt er als Mensch. Deshalb kommt es nicht so sehr auf die Statur an, sondern auf die Mittel des Darstellers. John Malkovich kann so zärtlich und skrupellos wie ein Kind sein, ohne Vorurteile reagiert er spontan auf jede Situation, er findet von Augenblick zu Augenblick in sich zu dem zwölfjährigen Jungen, der die Welt besitzen möchte, aus der er verstoßen wird. Im „Tod eines Handlungsreisenden" schwärmte er von den Pferden und Wäldern der Appalachen. Arthur Miller bescheinigte ihm das Engelsgesicht eines Killers, der zum Vatermord ansetzt. Böse bis zur Vernichtung seiner selbst spielt er in „Gefährliche Liebschaften" mit den Kräften der Liebe, die er nicht kontrollieren kann. Aus dem Stand und mit einem unverbindlichen Lächeln schießt er einem friedlichen Angler in „In the Line of Fire" eine Ladung Schrot ins Gesicht. Natürlich wäre der kolossale Gérard Dépardieu der glaubhaftere französische K. G. gewesen, aber John hat mehr von dem Kind in Abel. Bei der Besetzung einer solchen Kunstfigur, die sich nur metaphysisch definiert, spielt der Paß ohnehin keine Rolle.

Alle deutschen Rollen dagegen sind in der Wirklichkeit verwurzelt und mußten deutsch besetzt werden. Mit welcher Verve und Überzeugungskraft sie sich auf ihre Rollen gestürzt haben, hat mich selbst überrascht. Einmal Göring zu inszenieren, hätte ich mir vor ein paar Jahren sowenig vorstellen können, wie einen Film zu machen, der die weiten Landschaften Ostpreußens feiert. Beides ist sicher erst nach dem Fall der Mauer möglich geworden. Auf einmal gehören die Mitte und der Osten wieder zu Europa, sind sie nicht mehr im ideologischen Tabubereich der Folgen des Faschismus angesiedelt. Von Berlin ist es nicht weiter ins ehemalige Ostpreußen als nach Holland. Was uns trennt, ist weniger als die Jahrhunderte Geschichte, die uns bis ins Baltikum nolens volens verbinden. Ebenso unerschrocken wollten wir uns den Menschen dieser Zeit nähern, dem sympathischen Aufsteiger Raufeisen, der die Errungenschaften des Reiches sozialistisch an alle verteilen will, dem Genetiker Blättchen, der leider allzu recht hat, wenn er den Einfluß der Gene höher einschätzt als den der Umwelt, dem tragischen Grafen, der die Gründe für seinen Widerstand in einer verbrämten Vergangenheit sucht, und schließlich dem Reichsmarschall, der an Shakespeares Schurken ebenso erinnert wie an einen modernen Politiker. Jeder von ihnen sollte überzeugend sein, ohne jede Schutzbehauptung, innere Distanzierung und moralische Besserwisserei.

Am meisten haben wir uns jedoch, wie Abel, auf die Knaben konzentriert. Sportschulen, Sängerknaben, ein Fanfarenzug aus Deutschland und ein paar hundert freiwillige Jungen aus Polen verbrachten Wochen in einem Jugendlager in Masuren, um militärischen Drill vom Strammstehen bis zum Kehrt-um-Marsch und Turnübungen der dreißiger Jahre zu lernen. Ob Pyramidebauen, Hechtsprung, Wagenrennen, Medizinball- und Balkenwerfen ... es hat ihnen Spaß gemacht. Das alte Lied: eine Gemeinschaft, eine Aufgabe. Von der Ausbildung am Karabiner, an der Panzerfaust und der Flak gar nicht zu sprechen. Diese Begeisterung ist bei Jungen aller Länder jederzeit zu wecken. Tournier sagt sogar, daß Männer nur deshalb immer wieder so bereitwillig in den Krieg ziehen, weil der Junge in ihnen dann seine kindlichen Träume ausleben darf. Also nicht: Das Kind imitiert den Mann, sondern umgekehrt. Richtig Krach gab es in unserem Sommercamp nur, als eine wirkliche Waffe, ein Messer, von einem deutschen Jungen eingeschmuggelt wurde.

Nächtliche Fackelparaden, Sprünge über Sonnenwendfeuer, Kampfszenen im Schneematsch – alles war Spiel und wurde so gerne mitgemacht, als ob es Indianer und Cowboys, Räuber und Gendarm oder Star Wars wäre.

Die unbändige Energie dieser Jungen, die wie junge Hunde herumtoben, wißbegierig die Welt erobern wollen, entlädt sich schon bei den Ritterspielen im Schulhof in der ersten Szene. Doch die bürgerliche Gesellschaft unterdrückt sie sofort. Die Nazis dagegen lassen ihr freien Lauf, nutzen sie für ihre Ziele und opfern sie schließlich im Krieg.

DIE MUSIK

Das Einstudieren der Volks- und Nazilieder gehörte ebenso zur Vorbereitung. Mit Michael Nyman trafen wir in London eine Auswahl, die sich nicht an den Texten, sondern nur an Melodien und Rhythmus orientierte. Ursprünglich sollten diese Lieder wie im Kanon verwoben werden, vielleicht auch dissonant verzerrt. Auf solche Techniken haben wir dann verzichtet, auch hier wollten wir nicht gleichzeitig darstellen und uns distanzieren. Erst einmal wirken lassen, dann aufnehmen, weiterentwickeln und auseinandernehmen. Nyman, der seit Peter Greenaways Filmen viel mit Streichern und Klavier arbeitet, schlug vor, diesmal auf beides zu verzichten. Bläser vor allem, vielleicht noch Cembalo dazu oder Schlagzeug ... Es blieb bei den Bläsern allein, Janáceks „Sinfonietta" stand Pate. Im Drehbuch hatte ich schon vorgeschlagen, mit Musik wie zu einem mittelalterlichen Ritterturnier zu beginnen, bevor wir noch im Schulhof die Knaben, mit Salatschüsseln und Besen bewaffnet, aufeinander losgehen sehen. Abels vermeintliches Schicksal kündigt sich mit Jerichos Trompeten an, Hörner öffnen die weiten Ebenen seiner Wildwestabenteuer, Wagner und Mahler werden im deutschen Wald zitiert, der Buffo Göring hat seine Tuba und ein Baritonsaxophon als Begleitung. Als Abel zum Jäger wird und seine Beutekinder auflistet, zitiert Nyman Don Giovanni: mille tre. Ursprünglich hielt Tournier sein Buch ohnehin für unverfilmbar und konnte es sich nur als Oper vorstellen. Diese Idee reizt Nyman immer noch. In seiner Filmmusik, die wir vor Drehbeginn skizzierten, sollte es neben sehr lyrischen Passagen zahlreiche

Zitate auch aus seinem Paul-Celan-Liederzyklus geben, dagegen verwarf er die Idee, jüdische Motive für Ephraims Rettung in den Sümpfen zu verwenden. Das Kind solle ruhig singen, sagte er, aber seine Komposition werde es nicht berücksichtigen. So war ich mit dem kleinen Ilja ziemlich allein gelassen, und Herr Oberkantor E. Nachama half uns aus, die Lieder zu finden, die der Niederlage der Nazis analog der Strafe der Ägypter in der Haggada-Nacht angemessen sind. Michael Nymans Komposition, die er mit seinem Orchester und an die 40 Blasinstrumenten in London aufnahm, folgt im Aufbau Schritt für Schritt der Entwicklung des Films und ist als Konzertsuite jederzeit unabhängig davon spielbar. Ähnlich war Hans Werner Henze bei der Musik zum „Törleß" und zur „Katharina Blum" vorgegangen.

DREHBEGINN

Im Juli 1995 waren der Troß der 200 Mitarbeiter, Dutzender Lkws, Material und über 1000 Kostüme auf der Marienburg eingetroffen.

Wieder einmal versuchten wir die Quadratur des Kreises: einen Film amerikanischen Ausmaßes für ein breites Publikum zu machen, aber mit einem sehr deutschen Inhalt. Die Herausforderung wird noch größer dadurch, daß die Helden nicht eindeutig gut oder böse sind, am wenigsten Abel selbst. Große dramatische Konflikte, melodramatische Situationen und befreiende Lösungen, die die Sehgewohnheiten der Zuschauer amerikanischer Erfolgsfilme prägen, fehlen völlig. Episch im Sinne Brechts zwar, ist unsere Erzählung aber kein Epos, vielmehr eine Ballade, die poetischen Gesetzen mehr als theatralischen folgt. Abel verzaubert sein nicht besonders außergewöhnliches Leben in ein Heldenepos, eine eminent dichterische Leistung, aber nicht gerade das Rezept für einen Blockbuster. Auch wir müssen verzaubern und jede Episode zu einem emotionalen Erlebnis machen.

Das aufwendige Unternehmen wird nun nach einem Jahr der Vorbereitung stur wie ein Feldzug abrollen. Zum Abschluß und als Beleg dieses typischen Zustandes eine Eintragung aus meinem Tagebuch.

Malbork, den 23. Juli 1995

Ein Tag vor Drehbeginn ist es mal wieder Zeit, die Ängste aufs Papier zu bannen. Der europäische Regisseur ist gezwungen, sein eigener Produzent zu sein. Diese Doppelrolle und das schwierige Zusammensuchen professioneller Mitarbeiter sowie die Sisyphusarbeit der Finanzierung führt dazu, daß man praktisch erschöpft ist, wenn die eigentliche Arbeit des Drehens beginnt. Obwohl ich nicht klagen will, denn Ingrid Windisch und Pierre Couveinhes haben mir viel Arbeit und Risiko abgenommen.

Als erstes liegen die großen Szenen in der Napola vor uns. Die dreißig Jungens aus Frankfurt/Oder, die anderen dreißig aus Potsdam und die 200 jungen Polen vertragen sich gut. Sie wissen, es ist nur ein Film, politisch erscheint es ihnen weit, weit weg von ihrem Leben. Bisher sind sie nur Staffage, wir müssen einzelne herausheben, ihnen kleine Rollen, vor allem eine persönliche Beziehung zu Abel geben. Abel darf nicht nur zuschauen, er muß sich beteiligen. Sein Blick ist nicht der eines neutralen Zeugen. Daraus ergibt sich auch, wie wir die Massenszenen filmen müssen. Aus seiner Perspektive natürlich, wie damals bei Oskar. Dazu genügt es aber nicht, die Kamera hinter ihm und auf seiner Augenhöhe zu plazieren. Um den Massenauftritt überhaupt erst einmal glaubhaft zu machen, kommt man um Totalen, dramatische Winkel, kurz, die ganze Leni-Riefenstahl-Ästhetik nicht herum. Nur durch solche Assoziationen läßt sich die Situation mit ein paar Schnitten herstellen. Die Symmetrie der Aufmärsche, die Theatralik der Dekora-

tionen muß wenigstens kurz mit den Mitteln des Nazi-Films gezeigt werden, bevor das Bild – wie? – gebrochen wird. Die Mittel der Photographie sind im Verfremden begrenzt. Vor allem beim Farbfilm. Die roten Ziegel der Backsteingotik ziehen das Auge mehr an als die Riegen der jungen Männer in ihren kurzen Hosen und Kniestrümpfen. Flammen und Rauch schaffen das Weihewabern, wir aber wollen den Fahnenappell ja nicht ungebrochen in diesem Dämmerlicht zeigen. Abels unerwarteter Hitlergruß, mit ausgestrecktem linkem Arm und einem durchlöcherten Handschuh über den Fingern stellt die richtige Brechung her. Hoch zu Roß reitet er hinter der Tribüne vorbei oder stolpert, einen Sack Medizinbälle auf dem Rücken, zwischen die fest geschlossenen Reihen. Leider hat er keine Trommel, um den Aufmarsch im Dreivierteltakt zu sprengen. Abel glaubt ja an die Inszenierung. Klare Knabenstimmen singen deutsche Volkslieder in der Abendstimmung. Ihm sollen Tränen der Rührung kommen, uns aber eine Gänsehaut.

Gestern nachmittag war ich mit Bruno, dem Kameramann, im nahen Danzig. Volksfestartige Ferienstimmung herrscht am Hafen und in den Gassen der spielzeugartigen Altstadt. In der Marienkirche eine Trauung in mittelalterlichen Kostümen, die Touristen aus aller Welt mit ihren Videokameras aufnehmen. Die jedenfalls stellen sich keine Fragen der Bildästhetik. Am Abend muß ich an Billy Wilder denken, der vor dem ersten Drehtag seines ersten Filmes zu Lubitsch ging und ihm klagte, daß er buchstäblich Schiß habe. Die Antwort Lubitschs war: „Ich fange Montag meinen 43. Film an und mache mir immer noch in die Hose." Abends im Hotel Malbork (Polen) wähle ich Billys Nummer in Los Angeles. Er ist auch, 89 Jahre alt, tatsächlich in seinem Büro, zehn Uhr vormittags Ortszeit. Ich erinnere ihn an die Lubitsch-Anekdote. Er lacht.

– Du brauchst dich nicht zu sorgen. Du hast schon viel erreicht, sagt er.
– Was meinst du?

– *You fixed the Polish telephone system.*
Wir lachen.
– Warum rufst du also an? Du hast Wichtigeres zu tun.
– Ich war nervös, immerhin hab' ich seit vier Jahren keinen Film mehr gemacht.
– *Well, I have not made one in twelve years*, und ich hab' nicht mehr so viele Jahre vor mir wie du. Deshalb muß ich mich jetzt beeilen. *Good-bye!*
– *I need your blessing.*
– *You got it. I will pray to God Almighty, whose name is Steven Spielberg ...*

                    Volker Schlöndorff, Babelsberg, im Juli 1996

BESETZUNG

ABEL
    John Malkovich

GRAF VON KALTENBORN
    Armin Mueller-Stahl

OBERFORSTMEISTER
    Gottfried John

FRAU NETTA
    Marianne Sägebrecht

REICHSMARSCHALL GÖRING
    Volker Spengler

OBERSTURMBANNFÜHRER RAUFEISEN
    Heino Ferch

PROFESSOR BLÄTTCHEN
    Dieter Laser

RACHEL
    Agnès Soral

MARTINE
    Sasha Hanau

ABEL ALS KIND
    Caspar Salmon

NESTOR
    Daniel Smith

EPHRAIM
    Ilja Smoljanski

KRIEGSGEFANGENE
    Marc Duret
    Luc Florian
    Laurent Spielvogel
    Philippe Sturbelle

HERVÉ
    Erick Deshors

MARTINES MUTTER
    Sylvie Huguel

POLIZEIKOMMISSAR
    Patrick Floersheim

BRIGADIER
    Simon McBurney

RECHTSANWALT
    Vernon Dobtcheff

STAATSANWALT
    Jacques Ciron

CLÉMENT
    Ryan O'Leary

LEHRER
    Thierry Monfray

PRIESTER
    Claude Degen

SCHULVORSTEHER
    Jacques Brunet

LOTHAR
    Lars Albiez

3 NAPOLASCHÜLER
    Maximilian Haas
    Robert Beyer
    Norman Daugs

STAB

REGIE
Volker Schlöndorff

PRODUZENTIN
Ingrid Windisch

EXEKUTIV-PRODUZENTEN
Claude Berri
Jeremy Thomas
Lew Rywin

ASSOZIIERTE PRODUZENTEN
Pierre Couveinhes
Chris Auty

HERSTELLUNGSLEITUNG
Andreas Grosch

PRODUKTIONSLEITUNG
Dorothea Hildebrandt
Michal Szczerbic
Arlette Danis

DREHBUCH
Jean-Claude Carrière
Volker Schlöndorff nach dem Roman *Der Erlkönig* von Michel Tournier

KAMERA
Bruno de Keyzer, BSC

KAMERAFÜHRUNG
Martin Kenzie
Daniel Leterrier

SZENENBILD
Ezio Frigerio

CHEF-DEKORATEUR
Didier Naert

MUSIK
Michael Nyman

SCHNITT
Nicolas Gaster

BILD-DRAMATURGIE
Peter Przygodda

KOSTÜMBILDNERIN
Anna Sheppard

REGIE-ASSISTENZ
Marek Brodzki
Marcel Just
Beatrice Banfi

SCRIPT
Thomas Hezel

AUFNAHMELEITUNG
Andi Lang

TIERKAMERA
Michael Sutor

2. UNIT
Thorsten Johanningmeier

2. UNIT KAMERA
Dieter Welsch

TONMEISTER
Karl-Heinz Laabs

TONMISCHUNG
Manfred Arbter

AUSSTATTUNG
Bernhard Henrich
Heinz Röske
Susanne Hein
Eliane Huss

REQUISITE
Axel Kahnt

BILDHAUER
- Joost van der Velden
- Berndt Wenzel
- Uwe Kasch

MASKE
- Axel Zornow
- Waldemar Pokromski

CASTING
- Karin Beewen
- Leo Davies
- Gerard Moulevrier
- Magda Swarzbart

STORYBOARD
- Karl-Heinz Uebelmann

SPEZIAL EFFEKTE
- „Die Nefzers"

Eine deutsch-französisch-englische Gemeinschaftsproduktion

Studio Babelsberg, Deutschland
Renn Productions, Frankreich
Recorded Picture Company, England

In Coproduktion mit France 2 Cinéma und WDR mit der Beteiligung von Canal +, Heritage Films, Warschau und UFA Babelsberg, Berlin

Gefördert mit Mitteln des EURIMAGES Fonds im Rahmen der Europäischen Union, Filmförderungsanstalt Berlin, Bundesministerium des Innern und Filmstiftung NRW – Filmboard Berlin-Brandenburg

Außenaufnahmen in Paris, Polen und Norwegen, und im Atelier im Studio Babelsberg, ebenso Deko-Bau, Bildhauer, Requisiten, Kostüme, Kopierwerk, Bildschnitt, Digitale Tonbearbeitung, Synchron und SRD/THX-Mischung.

Format 1:1,85 – Farbe –
Länge: 118 Minuten – Dolby SR

Bildnachweis:
S. 108 oben, S. 109 unten: Transit Film GmbH/
Friedrich-Wilhelm-Murnau-Stiftung, Wiesbaden

S. 31 unten, S. 32 oben, S. 74 oben und unten, S. 75 oben,
S. 99 oben und unten, S. 108 unten, S. 109 oben,
S. 148/149 oben und unten: Transit Film GmbH, München

1. Auflage September 1996

© für diese Ausgabe: Steidl Verlag,
Göttingen 1996
© 1996 Volker Schlöndorff
Alle Rechte vorbehalten
Redaktion: Felix Moeller
Gestaltung: Hans Werner Holzwarth
Herstellung: Steidl, Göttingen

Printed in Germany
ISBN 3-88243-425-2